歌集

メモリー

渡部洋児
Watabe Yoji

六花書林

メモリー＊目次

第二章　異都の匂い

装幀　真田幸治

メモリー

メモリー

われの生（よ）も音楽劇と成り得るか椅子に凭れてとおく聴くメモリー

*

横浜で偶然出会いし群像のキャッツ自ら下りし暗闇

通路へと踏み出す一歩のその先の舞台へ過去が押し寄せて来る

夢幻飛行為すため座る劇場のわれに無言のざわめき止まず

白か黒か右か左か決断は速やかなれどわれは彷徨（さまよ）い
予言者に囁かれしは億の金動かすことと終の女難と
舞台のような生だとしても哀楽も喜怒も観られず誰にも観られず

暗転ののち光(ひ)とともに立ち出でて華麗に舞いて去りし者達
つまらなき日常とはいえ暗転の続く舞台に不条理が差す

第一章　遠い思い出

六冊の本

朝な朝な六冊の本読みさして、その後部長という名の日常

保土ヶ谷駅過ぎればバスは空きすぐに語学の本を開く朝(あした)は

二番目に歌集を取りしこのわれに向かい何首が戦ぎきたるか

その次のウフィッツィ美術館公式ガイドブックの中にいるクラナッハ

旅人は常に部外者読み進む「週刊世界遺産」の裏の血みどろ

滑稽と呪詛を好めば朝はまず「落語百選」に目を通しおく

きりきりと痛む両目に差し薬落として次は医の本を取る

「おはようございます」次次にくる部下の声聞きつつ歌人と行員のあわい

高田匡隆ピアノリサイタル

小雨降る紀尾井ホールへ急ぎつつ春にはまだ浅き誰彼(たそがれ)

大勢の中なる一人日常を背負いつつ席に身を落としたり

われを過去へ引き戻しゆけバルトーク舞踏組曲の中のいにしえ

気が付けば死に急ぎたり　わが耳にリスト超絶技巧練習曲マゼッパ

すっかりと夜の更けたる交差点知人に急かされ渡る　何処へ

菖蒲湯

菖蒲湯にまた一年が経ちわずかずつ死にゆく体にぬるき湯のゆれ

窓のない浴室昼夜判らずにさながら再誕までの胎内

舌が痺れ足裏が痺れてのひらが痺れ、青い空の真下で
弁天橋渡りつつ音、過去も今も一歩ずつ歩きゆくといういつわり

遠い想い出

死ぬときは秋の日の午後階上の和室の腰高窓に凭れて

下の子がギターを鳴らし上の子がゲームに奇声を発しいる時

妻はいつも何事もなく日常を送りて階下の居間に立つらし

あくまでも陽は穏やかにして何か思うこともせずただ目を瞑りゆく

わが前に桜は咲けど家も子も死までも遠い想い出となり

匂い

香ばしき祖父の匂いがわずかそこに流れたと思う　路地を出で来て

急速に思いはたどる夏の日の祖父と祖父の住みにし藤沢新地

新地という生臭き場所に住み暮らす祖父を訪ねて行きし、たびたび

それは必ず夏の日の午後母の背に隠れて長き路地を行きたり

ちっぽけなバーが連なる路地に立つ看板「小鳥の町」と書かれて

ひばり、百舌鳥、メジロ、鶯、近付いてはならぬと言われ、怖れ、憧れ

看板に書かれし文字は薄汚れ　見知らぬ女（ひと）はみな肩を出し

祖父母なす旅館の前の玉砂利を集めて遊びいたりし一人

冬の日

病院のベッドに伏せる祖母のもと祈れり牧師となりしわが子は

別れたる妻もベッドに寄り添えりかすかに海の匂いなしつつ

思ほえば父の間際も寄り添いておりしか妻は別れし後も

ふくよかな母と知りしがいつからかわれより細き身で頷きぬ

母の家を出でしよりはるか　母よりも永き日別れし妻といたりき

冬の日はつね香ばしき匂いして　遊びき母のてのひらの上

家族

沈丁花匂わば止まる家族より呼びかけられし者の如くに

戻るなら何年前へ…、脳髄はフラッシュバックしつつ老いゆき

かつて妻は我の帰りを戸の外に立ちて待ちたり子の寝ねしのち

失いしもの数えおり香ばしき冬の日満つる下り電車に

ふと止まり見れば祖父母の営みし連れ込み旅館のかたちなる家

テールライト滲む夜更けはただ家へ帰ることのみひたすら思い

課せられし責務はしばらく生きることジグソーパズルの片探しつつ

単数の猫

生きしもの飼うことに決め遠き遠き記憶の相模大野に立てり

引き籠もるわれゆえそばに生きしもの願い仔猫を貰いうけたり

震えたる猫を抱きて丸く丸く生きよと〝まる〟と妻は名付けし

貰いうけし猫の〝まる〟終日をおびえ箱より顔を出さずも

気が付けばベッドの下に仲間呼ぶ声か哀しく鳴きつづけたり

みひらきし眼差しわれに向けられて単数の猫なればともに淋しき

単数の猫が擦り寄る　午下がる頃よりわれは堕ち始めつつ

猫の孤独われの孤独が対峙する西陽は窓を強く入り来て

鳴き声に意味があるらしわれを見て今宵は強く大きく鳴けり

尾を立てて股間を通り過ぎしのちわが顔じっと見つめていたる

母猫の夢でも見るか一日を眠れる猫の四肢細くして

一日を眠りし猫は小夜更けてわれに寄り添う如く歩行す

捨てられておりし仔猫は哀しかり馴れつつ怯え怯えつつ寄る

梅折りし者

かかわりし者すべて居よ満開の偕楽園の雑踏の中

紅梅に白梅、蠟梅、あまりにも多すぎてわれを失くしつつあり

梅鉢を纏い嫁したる者がいて桜折るばか梅折りしばか

梅の付く名を名乗らずに今もまだわが姓名乗りし者一人あり

桜、梅、次次と剪ち眼前に咲きたる桃に怖れし止まず

ははそはの母

いらいらと待つ病院の庭に咲く紫陽花花の色ばかり濃き

許されし五分間だけ見舞いたる母は痩せいて過去をまとわず

母の手は白き袋に拘束（おおわ）れて　なれど鋭くわれを指しいて

問うわれに答えず母は母にしか見えぬもの手で払い続けたり

見えぬものを視る母の目にわが顔は映らずしきり鬼をはらいし

「主人は松平健です」自ずから答えて母は沈黙をせり

＊

父と母微笑み兄とわれも立つ写真は西陽の差す棚の上

＊

ははそはの母は豊かな身で立ちて笑みたりくりやの湯気のその前

インドりんご、麦茶に砂糖、冷やし瓜、夏は豊かに母と暮れゆき

母の出す支那蕎麦琥珀に陽を受けて幼きわれもその湯気の中

今にして思えば比類なきものを食せり母の琥珀なる支那蕎麦（そば）

祝宴

婚姻をなすとう報告聞きながらわれが出席する是非を問い

生(あ)れたるは陽穏やかにして何もかもわずかに揺らぐ海の辺の街

江ノ島までいくたび君と歩みしか離婚（わか）れしゆえをついに問われず

婚姻のその日は晴れてわれわれは一人向かいし宴の立つホテルへと

花嫁の父と同じ個室にて着替えたりわれわれはただ黙しつつ

別れたる妻のはらから挨拶を交わせり共にわずかに笑みて

花婿の母の隣に並び立つ視界にはるかさねさしの海

合いの間に流れしスライド妻と子とわれと並びて笑みし一枚

花婿の母と父とのテーブルは離れて父（われ）は酔いていたりし

「妻を一生大事にします」別れにも経緯あること秘して語らず

祝杯はやがて傾ぎつ花婿の母の目西陽の影強く持ち

不毛なる孤独

万緑の弘法市に見失うわれかも雑多（あまた）の過去に囲まれ

問うことのなき日もあれよ分岐して行かざる道のその先のこと

一人断ち二人断ち来てさらにまだ断ちたき思いのままに暮らしぬ

思い立ちて家を出でたり川沿いの道をただ行きただ戻り来る

朝五時に目覚時計（ベル）が鳴りたり職持たぬわれには少し早過ぎるベル

かつて妻を待たせしわれは小夜更けて汝の帰りをつくづくと待つ

はつあいのトラウマわれに傷深くあさ快晴になれど滴り

三本の眼鏡替えつつ目疾（めやみ）ゆえ一日おぼろに思惟定まらず

哀しき猫たち

抱かれることを嫌いし猫なればイヤダと鳴きてわが腕を去り

わが椅子に眠りし猫は小夜更けてわがサンダルの上に嘔吐(はは)きたり

存在を知らしむるためか目覚めたる猫は鳴きたり声掛けるまで

気が付けば共にテレビを観ていたり猫の眼差しまっすぐにして

居住いを正して猫は見つめおり「世界ネコ歩き」のテレビ画面を

バーチャルで野を駈け行くか猫もわれも哀しく家に籠りつづけて

猫もわれもひとを待ちたり雨の夜の戸の開く音に耳を澄ませて

秋の日の朝

相鉄線緑園都市に住み暮らす義父母(ふぼ)なれど会いしは三、四度のこと
われは東急田園都市線を下ること三十五分の地に暮らしおり

週末に妻を実家へ送りゆくこと習いにす、われは入らず

車にて妻を実家へ送りたるのち春、夏、秋のわれの彷徨

実家より出で来る妻を待つわれは地理を覚えぬさまよいしゆえ

盲いたる義父は娘へていねいに聞きたり彼女の近況のこと

一人娘は花嫁衣装着ることもなく嫁し義父は先に盲いぬ

入退院繰り返しおれど唐突な死なりき遺体になす含み綿

残されし母のためやはり週末に訪ねて行きぬ職持ちし妻

秋の朝の日差し優しく妻の父死すこと妻と語らずにいる

イートインにて

降誕祭前日激しく孤りなるわれの鼻孔へ入る香りあり

ゆきずりのパン屋はわれへ街頭へあまりに豊かな香り放てり

コーヒーとあんドーナッと小雨降る降誕祭前のイートインにて

クリスマスソング流れてわが席は結界内のごとく安らぎ

前を行く人ら華やぎ窓越しのわれも昔へ発ちて若やぎ

青き日に何を待ちしか同じ曲聴きつつ想いはるかな君と

うつつにて、牧師となりし二男（おとうと）は今宵何人（なにびと）慰めていん

第二章　異都の匂い

低い国

俯瞰してみたし連なる家並みと運河されど Koninkrijk der Nederlanden

蘭人の魔がひそみたるＰＡＹ・ＴＶ汝に拒否され視ずに寝ねたり

燻製の鰻ふた口わが姓より大陸へ到る血と思ほえど

低き国ゆえはるかなる天空へ…登れずドームの下にいたりき

二人してトラムに乗ろうファン・ゴッホ美術館へは乗り継ぎふたつ

小雨降る陶器工場傘をさす腕にデルフトブルーの静脈

わが立つを上より見れば誰よりもかそけきか雨の縮小園（マドローダム）にて

胸苦しく目覚め望めばどこまでも低き地われはついに悔いつつ

おだやかに生きよはるけく曇天のキンデルダイクの十九（じゅうく）基の風車
ルーベンスの絵は開かれて降ろされしイエスと我とノートルダム大聖堂
その先の予兆などなしブルージュの運河を行くはすべてはらから

鍋一杯のムール貝食べよ赤酒も白酒も産し得ざるこの地で

なにゆえの神秘の子羊不可思議なことなどただの一度としてなく

ガイドには素通りされてクラナッハの秘部燃ゆ王立古典美術館

グラン・プラスに二人立ちたりわれら楚歌ならねど四面取り囲まれて

エチューヴ通りとシェーヌ通りの交差する角の小僧の出す未来、過去

購いしゴッホの花魁わが白き部屋にタトゥーの如く掛けたり

伊太利亜ノ幻覚

膨れたる腹弛みたる顎、われに逢わざればアヴェ！二人のマリア

掏摸、置引、頸紋強盗、誘拐（かどわかし）、ナポリは死する覚悟にて見よ！

青の洞窟見ずとも皺ぐむ脳髄はすぎゆきの青忘れずにおり

生き急ぐわれのリフトは焦らすごとゆっくりカプリの山を登りぬ

ポンペイの犬は太古の浴室に黄色き腹を見せて眠りぬ

右へ行くか左に行くか日常の岐路なれど道は二千年前

子が生を託すイエスのヴァチカンのショップにクルス購いており

どこの国の者かあまたの売人に囲まれてフォロ・ロマーノに着けず

剣闘士姿の男うるわしき彼にも未来があると思えば

左肩越しに投げたる貨のゆくえ知らねどふたたび来ると思わず

オードリーの笑みに欺され肌寒しスペイン広場に広場などなく

血管のごとき落首を穿たれてフィレンツェはいま霜枯れの季

神学生となりしわが子が賜りしダビデはフィレンツェの丘にいたりし

夕映えにひかりて店のTシャツはもっとも淫らなかたちしており

白塗りのパフォーマーじっと動かずにいる、そのことわれの忸怩と

「聖遺骸（サン・マルコ）を買いに走りしヴェネツィアの商人」と聞き、そして来たるも

アルカイック・スマイルの百の仮面（かお）に視られてもわれは首ふるばかり

ゴンドリエーレのボーダーも上着（ふく）に隠されて十一月の運河寒さ厳しく

オペラ座の怪人は孤り、ゴンドラに三人（みたり）とありてわがおもいひとり

支払いに齟齬あり少し問答をせし後ヴェネツィアの街を離れぬ

深き秋、上ればドゥオーモの尖塔は常ならずわが前にはだかり

ミラノにてわが非在なる街深し緞帳の如き気が揺らぎつつ

先先で頼むブラッド・オレンジの果汁、汝と一にせざるブラッド

セブ・シティ

ターミナルに軽食ののち別れたりわれは比国へ汝(な)はわが家へ

空港まで見送りに来し汝の手はわれを気遣い空(くう)にただよい

セブ島に渡りても不安おさまらず　どのように生きどのように死す

行き交えるジプニーの群れ一瞬を渡らん先の幼きイエス（サント・ニーニョ）へ

蠟燭を売り掛けられてクリスチャンに非ざるとわがマゼランクロス

魚が死ぬ鶏が死ぬ犬猫が死ぬカルボン市場を足早に過ぐ

裸足にて立ち居る子らに精気なくただゆっくりと手を伸ばし来る

わが袖を引きたるは少女一言も発せずついに瞬きもせず

泥川の匂い鋭く飛び込めばもだえ苦しみ死ぬ今日がある

窓からは火事が見え教会が見えジーンズの腰に光りし銃身が見え

われの手に銃を渡して写真撮るカードマンいるセブ・ミュージアム

ここに汝は住めるかわれは非ざりとひと月ののち比国を去りぬ

セブ島にセブの海見ず帰り来て湯船に柚子の匂い立ちつつ

夜市

友のなきわれなれど誘い誘われて来たりし夜の西門町まで
日本で言えば原宿、同行の語れどわれにその興味無く

練乳を凍らせ欠きし物を食べ男四人のたわいなき今

相部屋の士の睡眠時無呼吸症　彼にも我にも荒き一夜は

死ぬように眠るわれには耐えがたき呼吸音ありて三徳大飯店

台湾人のガイドは低く呟けり中正紀念堂の大きさのこと

白菜を彫りたる玉（ぎょく）のレプリカを購（か）いたり故宮博物院に

台北一〇一（いちまるいち）は驟雨に煙りわが善も悪も心も身も古りて来し

円卓に平凡と非凡と、黙黙と食しつつ見る箸のその先

たちまちにわれを包みし白濁の　豆腐に冠（っ）けし臭の字の夜市

日本語と台湾訛りの日本語がわれの後ろをまた通りゆく

コンフェデラチオ・ヘルヴェティカ

ツェルマットに住みたし川は灰濁の流れ激しくわれを拒めど

チーズの匂い濃く立ち込みておぼろとはわが視る過去の日の如きもの

マッターホルンが現(で)るまで待とう死ぬまでの生き方わかる筈もなければ
ユングフラウヨッホは吹雪きつつかつて妻と来た地を訪うてはならず
来てはならぬ地なれば山は吹雪きつついまもみらいも十面の白

ライオンは瀕死なれども永劫に死なずいままたわが前にあり

カペル橋に思いを残したるまま去りしあの日よりわれの身に起きしこと

カペル橋ふたたび渡ること過去を引きずりて花は尚赤く咲き

カペル橋、カレル橋と渡り終え出来得れば彼岸も橋でゆきたし

雨に雪、雪ののち雨、ほんとうはわれらの笑みもつくりたるもの

嬉しさと哀しさ背中合わせにて今宵はいずれわが顔の色

異都の匂い

チェスキー・クルムロフ

時遅く着きたるチェスキー・クルムロフ　われもシーレも暗闇の中

好き嫌いの好みの同じ者二人相見て聖ヴィート教会の中へ

四十年前も変わらぬ川なるか激しく老いしわれを映して

まだ明けぬ道を掃きいる男いて　怠らぬこと終になし得ず

美(は)しき街ゆえ残りたるヴァムピール伝説誰も語らずに過ぎ

プラハ

プラハへとバスは行きつつ隣にて口遊む者のわが祖国ヴルタヴァ

異邦人われはガイドの長講のプラハの春を疎ましく聞く

カレル橋渡りつつ今気づきたりヴルタヴァ川の上に立つこと

＊

ブリスベン

生き物の苦手なわれも抱きたるコアラをローンパイン・コアラ保護区に

生きるとはこれほど優し息づけるコアラの左手わが右肩に

かつて鱒を一尾釣りしのち二度と竿を持たざること思いおり

シドニー

貴腐ワインの貴腐の字の中世鼻腔にも口にも目にも甘く漂い

船上にショーの踊り子見つつわが暗部ふたたび動き出すこと

目の前のグランデカール若き頃ロートレックに強く憧れ

シェムリアップ

女神（デヴァター）の微笑みわれに向いていず　幾分か見しのち気づきたり

リエップに覆われ朽ちしタ・プローム寺院とわれと黄色差す午後

十万人が棲み暮らす河　泥水を掬いて口を漱ぎたる見ゆ

鬱ならばまず寝てみんか水上の壁のなき家（や）のハンモックの上

アメリカねむの木

大木の下に佇み何者か問われてもみんアメリカねむの木

ホノルル・ズーの昔の写真に並び立つわれにSにSにAに

夜驚症の子を叱りたるわれがいて恥ずかしねむの木の下に恥ずかし

かたくなに来ることこばみつづけたる布哇はねむの花咲くところ

冬の目の痛み激しくワイキキの砂てのひらにくすみ始めぬ

街路樹にアメリカねむの木曇りたる日なれど下にはつか休まん

君が撮りしねむの木の花わが目には霞みて葉群と見分け難しも

日日浅き夢見し今日もハワイにて布哇の夢を見しのち目覚む

降龍の海

乗りたるはスタッフばかり二人きりの為に漕ぎ出すハロン湾へと

渇望の果てに乗りたる船ならずなれば二人でいる孤独（ツヴァイザムカイト）の甲板

あまりにも激しき凪に落ちつけずいっそ龍など降り立ちてみよ

龍になど会えるはずもなしただ凪の激しき降龍（ハロン）の湾を行きけり

ただ生きてただ死ぬための一生の今朝はハロンの湾の上にて

飲みつづけ空になりたる下痢止めの薬瓶(ビン)はハロンの市(いち)へ捨てたり

第三章　黄の色の午後

ブルーデージー

南洋木（ぼく）と名付けし木（ぼく）の下に咲くブルーデージーの花小さかり

都忘れならざれど青き名を持ちて冬のさ庭に咲きていたりき

青はきみの好みたる色一輪の都忘れの花を見せられ

誰がきみの傍に起き伏す四十年経て老醜の手に咲くデージー

肥（ひ）も水も遣らず草取ることもせぬ庭に燦たるデージーの青

猫の複数形

暗闇に蠢くあれはしなやかな猫、人、異形なれば羨み

裸身(はだかみ)に近き形に装いて時折われに近付く、赤く

あまりにもやわらかき手に驚きて猫なす女まじまじと見き

猫を好む女と二人劇場の底に居る不思議が始まる不思議

予想だにせぬ一日を送りつついまだ分からぬこの出口（さき）の先

しょうよう

かりそめに家立ち西へ、逍遥のおもいは死までの暇つぶしとも

東寺ガラクタ市に佇み猥雑な思いも少なくなりて汝を待つ

渡月橋渡る向こうにクラナッハの裸の女が視えしかつては

紅梅花気づけば急ぎ足なるを嗅ぎて仰げる千年の下

桜花咲くにはいまだ早き日を御室よぎりておりしわが心（たま）

額冷えの激しき午後は過ぎ越しを思え賀茂別雷神社

錦市場新京極へと歩み入る身に白日の路(みち)生生し

フレンチに和食次の日葱ばかり食す木屋町通りにありて

木屋町に酒呑みおれば鷺のごと鳥が餌を待つあわれ夜の堀

わが過去をふたわかれして思う夜を嵯峨野さやけく風吹き渡る

夜夜家を目指して歩く夢ばかり京に目覚むも紗のかかる朝

藤

豊潤な香りにわれは包まれて生まれしところ思い起こしき

白藤は天蓋の如かぶさりてわれは確かに死後を見始む

若紫に十返りかつて幕間の暗闇にこそ心はやらせ

藤娘舞いたる誰か藤娘見つむる誰か青き日のこと

白き藤むらさきの藤黄（きい）の藤わが過ぎ来しは咎められしか

藤沢に生まれ鵠沼（うみ）にて暮らす日を捨て来しわれの前に咲く藤

身めぐりにさざめくわれに未知の人　否否明日も未知の人人

わが家に猫を残して訪ね来しあしかがフラワーパークなる園（その）

秋色

単線の新幹線を乗りゆかばわれはまさしく秋色となり

秋田なる地に立ちかつて一度だけ来しことわれの染みのごとくに

東能代へ向かう電車にわれは乗り、乗り降りてゆくひとたちが乗り

六十余年生き来て能代に立ちているそのことわれの結果ならずや

朋のなすシャッター音の軽きゆえ日本海（うみ）もこの日は優しかりにし

十二湖の中に青池ふたたびを見ることもなき青と思いつ

篠突きし雨中に車走らせる思い込みなどなき深浦へ

たまさかに通りし温泉地（ところ）眺めつつついに不若ふ生のわれら

不老ふ死温泉

藤田嗣治(つぐはる)の女が見たし孤となりて知らぬ街秋田県立美術館へ

見上げずとも頭上に紅き葉の繁り思うことなど今日は持たざり

黄の色の午後

美術館に行くのなら午後、黄の色の光と黄土の影の小路を

脚の無い女の自画像霞む目のわれに激しく真向かいし午後(ひる)

妖しくばひたすら妖しく生きるべし、たとえ日中(ひなか)に笑み零るるとも

「見えるものは信じず」黄なる午後を行くわれとモローとそして誰かと

黄昏れてわれに澁澤龍彦を教えしガラの住む街遠く

シスターボーイ、懐かしくも恥ずかしき語が蘇る午後三時過ぎ

幻影

なぜかそれは無音の記憶日溜まりの代々木のビルの谷の午後二時

夕映えのアメヤ横丁売り子らはわれ思う間を闇深くせり

悔いばかり残すわが身に速きことすなわち拙きことの昔日

ベランダの一隅に濃きむらさきの紫陽花まるでデルヴォーの昼

荒淫のすぎゆきも愛し夏の夜の風吹けば淡く遠花火見ゆ

鳩笛のレ音すぐれず引き籠る者にも夏の陽炎の窓

なぜか夏の夜ばかり恋う宵闇の風には遠き匂い滴り

陽に焼けた素顔が開ける窓見つつわが転生はそう遠くなき

花

蠟梅に引き止められて一瞬を瞠りし菅馬場（すげばんば）の歩道で
眼前に思いもよらぬ香を放つ蠟梅のまま花咲きており

急ぐままその場を離れ、五分後に終の如き悔い立ちきたりけり

*

運不運ともに無縁に花言葉知らざるわれの前にある青薔薇（バラ）

都忘れが好きとう汝の目と文字を想うもついに定かならざり

思案なぞつゆなさざれば蘭の花（か）を見つつ寂しむ拙速の文字

*

蠟梅の園問いゆけばぬばたまの小中英之顕ちて匂えり

なきひとの歌を読みつつ春まだき夕暮われは眠らんとする

海までは半刻なれど花の粉(こ)に霞みて春のふるさと遠し

*

坂道に四月さくらの花が散り、されば冷たき卯の雨も降り

寺に咲く桜はすべて枝垂れつつ枝垂れることの苦を思いつつ

予想だにせぬ将来を生き継ぎてゼラニウムいまだ鉢に根付かず

都忘れ、ブルーデージー、トラウマの花はいずれも濃き藍の色

快楽不退の街道

東海道藤沢宿に生まれたるわれも愉悦もすでにまぼろし

藤村の木曽路かわれの愉しみし木曽路かテーマパークの如き宿場に

恥ずかしながらわずかに心ときめきて、　ロマンチック街道とは誰が名付けし

鳩笛（オカリナ）にシルクロードのテーマ曲乗せて快楽（けらく）を待ち望む、　嗚呼

この道の先もローマか、　ローマにはミサンガなど売る非ローマ人達

出エジプト記想えばたちまち海は割れ、奇蹟はわれにつひに起こらず

いざ鎌倉のいざを待つわれの春秋に吹き来る風の止みて久しき

一年に一度逢うこと妬みつつわが頭上にもあるミルキーウェイ

ピグマリオンの庭

長谷寺に人らあふれて飽食のわれは吐き気を少し覚えし

大仏は見ず観音は拝まずに水子地蔵に探す一体

大勢の水子地蔵の見つめたる一人かわれはうすく立ちつつ

一人居は寂しきされど集団は疎ましと思う長谷寺に来て

喧騒を逃れて花の光則寺盛りなる花なにもなけれど

スポーツ・ユーティリティ・ビークル

気が付けば生き急ぎたるわれを射し今朝の陽わずかゆらめきており

修羅を持つ身なるに朝の陽射し受けなにか若やぐおもいきざせり

することはある　けれども今日は小型なるＳＵＶで野を目指したし

円熟にはほど遠きかも重ねたる歳もろともに晴天の野へ

暮らしいる街を出ずればうつそみのこころいよいよ先走りたり

素晴らしき青空となれ一生のうちの数えるほどの青空

路面より浮かびてわれは行き先の地まで天地の中間にあり

バーチャルな現実の如駆け抜けるわれは車に引き籠もりつつ

大いなる思いに満ちよ草も人も虫も後ろへ疾駆しゆかば

気負いたることもありしか車より下りて未知なる町を歩けば

ずる賢く生きるもならず九曲(くま)がりの坂を車は軋みつつ下り

ハレの日を持たざるわれへ海の辺の道はわずかに愉の匂い帯び

井の中の蛙のままに死にてゆく血を憶（おも）いだす海の夕陽に

有終の美のかたちとは刻刻とせまりて法令線の如き日月

秋色の町々

馬籠宿に居たり体調おもわしくなくもおやきをひとつ手にして

熊に注意の役場放送流れたる妻籠は人に溢れていたり

家売らず貸さず壊さず　その永き歴史は知らず木曽駒(こま)作る家へ

木曽駒を購い家内安全と　われにも守る家はありたり

藤村の家暗ければ入らずに過ぐ　われらもすべて山の中はや

＊

雲雀鳴く声を初めて耳にして今為すわれは戸惑うばかり

左手へ鳥は飛び立ち瞠りたるわが身は上総大久保の畑（はた）

音立てて枯れ葉落ちたるその下を歩めりついの行き所まで
今日の日にはやも飽いたり飯給（いたぶ）なる駅に来るべき列車待ちつつ
とうとつに帰らん思い終日を揺れいる家に待つ猫のもと

向日葵は枯れコスモスは秋の陽を受けたりいつも誰か愛しく

*

左腰傷めおぼつかなくも行く七日町なる秋の夕暮

七日町の白木屋前のバス停にバス待つ一人秋為す一人

ゆっくりと眠りたき身は連れ立ちて秋の日秋の宿に着きたり

友と呑む酒はゆるりと酔ったとてわが人生に立ち入るべからず

再び朝がはじまる空は鈍色の夜を映して明けやらぬまま
異郷なる朝はさみしき朝食を摂る人人の群れるホテルに

ブルーノート

一日の生き方午後には見失い夜はひと待つ駅の出口に
香りなどありやなしや薄墨の今宵ザボンを一つもらいて

長崎に刻みし記憶少しずつ薄れゆくこと幸で不幸で

思案なら橋のたもとで半世紀経ちてもわれはまだ迷いつつ

唐寺も百日紅も知らざれど共に歩けば静かなる昼

丸山の花月、龍馬が斬り付けし柱を見しは二十年の後

黄の色の差す午後すぎてむらさきの夜となり深紅の真夜となりたり

三本のメガネ替えつつ眼鏡橋覗きて向こうも手前も見えず

石畳へこみし嵩の年月を肯うわれはついにあらざる

蘭国に二度行きたれど長崎のオランダ坂に似し坂もなく

やるせない夜を幾百数えても先の糸口つゆ見つからず

☆

江ノ島まで

海の辺に生まれ生き来て海を離(か)れ海が恋しき夏の日はなお

江ノ島まで歩いてゆける距離に住み歩いてゆきしつねに夫婦(ふたり)で

湘南のひかりあまねく海岸に溢れて妻が目に宿す影

家を出るすなわち海を去るわれの荷物を妻は纏めくれにき

その後を居を転転とするわれの南向く窓に海の香はなく

パラレルな現実(うつつ)をおもうあの時にこうせずば今も江ノ島に立つ

海辺より台地に移り車には「江ノ島が見えてきた俺の家」は…遠い…

一人居の書斎に視界しぼみつつ無縁となりし海、その夕日

名物の女夫（めおと）饅頭茶色なす物のみ家へ買いたる記憶

この道も必ず江ノ島に辿りつく幾つかの角曲がりさえすれば

あとがき

『ハガル＝サラ・コンプレックス』を出してから九年が経った。そう遠くなく次の歌集を纏める予感があると前集のあとがきに書いたが、思いもよらず時が経ってしまった。今の一年はかつての一年ほどの密度を持てず、纏めようという思いはあってもなかなか手が付けられなかった。いざ纏め始めてからでもだいぶ日が経つ。

だが、日々の生活はほとんど変わっていない。これほど変化のなかった九年がかつてあっただろうか。それほど平穏だったということかもしれない。世の中はコロナ禍があり、ロシアによるウクライナ侵攻があり、能登半島地震もあった。デジタル化もますます進み、使いこなせない人間には生き辛い世になったと言えなくもない。そんな中にあって、私と私の周りは淡々と過ぎた九年だった。そうは言っても九年、多くの知人がこの世を去った。寂しい限りである。

今回は出版の労を六花書林の宇田川寛之氏に取ってもらった。カバーデザインの真田幸治氏と併せてお礼申し上げる。また、いつも何かとお手間をかけている藤原龍一郎氏はじめとする「短歌人」の人達にもお礼を申し上げたい。

さて、次の歌集があるのかどうか。歌集を纏めるというのはかなりの体力を必要とする。その体力がまだ残されているか……。だが作品はこの時点も出来続けてはいるのである。

令和六年八月

渡部洋児

著者略歴

渡部洋児（わたべようじ）

昭和24年神奈川県藤沢市生まれ。「短歌人」同人。歌集に『屈形のウェヌス』『ガラのまぼろし』『ハガル=サラ・コンプレックス』。合同歌集に『跛の車輪』。

現住所
〒227-0054
神奈川県横浜市青葉区しらとり台63－1

メモリー

令和６年９月24日　初版発行

著　者――渡 部 洋 児

発行者――宇田川寛之

発行所――六花書林
〒170-0005
東京都豊島区南大塚３－24－10　マリノホームズ１A
電 話 03-5949-6307
FAX 03-6912-7595

発売―――開発社
〒103-0023
東京都中央区日本橋本町１－４－９　フォーラム日本橋８階
電 話 03-5205-0211
FAX 03-5205-2516

印刷―――相良整版印刷

製本―――仲佐製本

定価はカバーに表示してあります
ISBN978-4-910181-74-5 C0092